AF201033

Für alle Kinder (und Erwachsenen),
die sich um verlorene Seelen kümmern

Bibliografische Informationen der
Deutschen Nationalbibliothek: Die Deutsche
Nationalbibliothek verzeichnet diese Publikation
in der Deutschen Nationalbibliografie; detaillierte
bibliografische Daten sind im Internet über
http://dnb.dnb.de
abrufbar.

Herstellung und Verlag:
BoD - Books on Demand, Norderstedt
http://www.bod.ch/

ISBN: 978-3-7504-2563-7

Michael Arvine

Die große Reise

oder

Wie eine Plastikflasche
das Leben eines Menschen änderte

Ein Märchen aus unserer Zeit

Übersetzt aus dem Französischen
von Urs Richle

1

Dies ist die Geschichte von Karl Kačnic und wie er zu Kasimir Phantasio Osiris wurde. Seine Vorfahren waren Kurden und Mongolen, Ägypter und Griechen, Lappen und Nachkommen der Wikinger. Das war so eine ungeheure Mischung, dass Karl selbst nicht herauszufinden vermochte, was er eigentlich war. Bis zu jenem Tag, als die Begegnung mit einer Plastikflasche dieser ganzen Fragerei ein Ende setzte:

Das Abenteuer von Karls Identitätswechsel nahm seinen Anfang an einem schönen Frühlingstag am Ufer der Rhone, in Genf, in der Schweiz. Karl saß in der Wiese nicht weit von der Spitze der Landzunge, wo die Wasser von zwei Flüssen zusammenfließen: das trübe, von der Arve aus den Bergen herangeschwemmte, und das klare, von der Rhone während einer 30-jährigen Reise durch den Genfersee gereinigte. Karl liebte es, dieses Spektakel der sich vereinigenden Wasser am Ende des Chemin des Saules zu beobachten, eines Weges, der, nach Karls Ansicht, „Way of Souls" hätte genannt werden sollen, Weg der Seelen. Denn durch die Vereinigung des trüben und des klaren Wassers werden die erlösten Seelen davongetragen, um sie durch ganz Frankreich bis hinunter ins Mittelmeer zu führen und dann in die Tiefe des Ozeans, zur Mutter aller Meere und allen Lebens auf Erden.

Es war an diesem schönen Maitag, während Karl beobachtete, wie die erlösten Seelen auf ihre letzte große Reise vorbereitet wurden, als er auf diesem selben Wasser eine Plastikflasche schwimmen und mir nichts dir nichts an sich vorbeiziehen sah.

Von einem plötzlichen, unüberlegten Impuls ergriffen, riss er sich die Kleider vom Leib, sprang in die Rhone, schwamm mit mehreren starken Crawlzügen bis in die Mitte des Flusses, wo er endlich die PET-Flasche erwischte und sie von ihrem bitteren Schicksal zu retten vermochte.

An diesem Tag hatte die Flussaufsicht das Stauwehr weit geöffnet, und die Strömung war so stark, dass Karl Mühe hatte, ans Ufer zurück zu gelangen. Er spürte, wie die Turbulenzen seinen Körper in die Tiefe zogen. Aber Karls letzte Stunde hatte noch nicht geschlagen: Das gerettete Opfer hielt er fest unter dem linken Arm, mit dem rechten machte er heftige Crawlzüge. Als er sich endlich wieder auf festem Boden befand, betrachtete er die Flasche in seiner Hand.

Was sollte er damit anfangen?

Sie am Ende des Weges in den Abfalleimer werfen, in diesen von der dunklen und schmutzigen Seite unserer Zivilisation gefüllten Allesfresser? Sie zur Sammelstelle bringen?

Es war eine Halbliterflasche, ohne Etikette, ohne Logo. Karl hielt sie vor seine Augen und bewegte sie in alle Richtungen. So ganz und gar nackt glich sie einer Qualle, tot und harmlos. Er schaute durch das durchsichtige, perfekt rundgeformte Material und beobachtete, wie sich die Umwelt durch den optischen Effekt der beiden hauchdünnen Membranen verformte.

Plötzlich schreckte Karl auf, und er drehte den Kopf. Was war geschehen? Was hatte er gesehen?

Er wagte einen zweiten Blick durch dieses seltsame Wesen und erschrak ein zweites Mal: Die Bäume, der Fluss, die Spaziergänger auf dem Chemin des Saules, die Häuser auf den Höhen, das Viadukt der Jonction, alles bewegte sich wie auf Treibsand gebaut, und die Verformungen folgten seinen Handbewegungen. Karl wurde vom seltsamen Gefühl ergriffen, als verformte sich die Welt um ihn herum in eine andere Realität, eine Parallelwelt, wie wenn das hinter dem kristallinen Kleid versteckte Wesen zu ihm gesprochen, ihm seine Welt gezeigt hätte.

War diese Flasche also doch kein Abfall für den Mülleimer? War sie nicht eher eine verlorene Seele, die sich in die Wasser der Rhone verirrt hatte, unglücklicherweise davongetragen, um zur Mutter allen Ursprungs zurückzukehren?

Aber eine verlorene Seele ist noch keine erlöste Seele, sagte sich Karl. Die verlorene Seele ist nicht bereit für diese letzte große Reise, sie hat ihre Lebensaufgabe noch nicht ganz erfüllt, der Kreis des Sinns ihres Wesens ist noch nicht geschlossen.

Überwältigt von dieser plötzlichen Erkenntnis, erhob sich Karl, zog sich an und machte sich auf, die Flasche unter dem Arm.

2

Karl lebte allein in einer kleinen, von ihm selbst renovierten Zweizimmerwohnung. Seit der Scheidung von seiner Frau und dem Auszug der drei Kinder in ihr je eigenes Leben hatte Karl sein Leben auf ein Minimum reduziert. An der Universität war er für eine große Datenbank von Forschungsprojekten im medizinischen Bereich verantwortlich. Seine Arbeitsstunden hatte er soweit reduzieren können, dass ihm das Einkommen gerade reichte, die persönlichen Bedürfnisse und die Fixkosten zu decken. Er fand, dass er alles gehabt hatte in seinem Leben: Frau, Kinder, Familie, Auto, Ferien in allen Ecken der Welt. Heute reichte es ihm, nach der Arbeit am Ufer der Rhone im Gras zu sitzen, bis zum Sonnenuntergang über dem vorbeifließenden Wasser zu meditieren und dann nach Hause zu gehen.

Er stellte die PET-Flasche auf den Küchentisch, der auch Wohn- und Bürotisch war. Er servierte sich ein Glas Chasselas, einen billigen, aber guten Weißwein aus der Region, den er jeden Abend beim Essen eines Stücks Brot und eines Brocken Alpkäses trank, seine Lieblingsspeise.
Er spülte die Flasche mit Wasser und ein bisschen Seife und stellte sie wieder auf den Tisch. Während des Essens beobachtete er sie. Wozu hatte sie gedient? Was hatte sie enthalten? Wer hatte aus ihr getrunken? Und wie war sie in den Fluss gekommen? Hatte sie jemand ins Wasser geworfen? War sie vom Wind davongetragen worden? War sie von der Brücke gefallen? ...
So viele mögliche Geschichten führten zu dieser

Flasche auf seinem Tisch. Aber die wahre Geschichte, diejenige, die sich in der Vergangenheit wirklich zugetragen hatte, die blieb ihr Geheimnis für immer.

Die einzige Geschichte, die in Karls Hand lag, war diejenige ihres zukünftigen Schicksals. Also nahm er sein Messer, putzte es mit einem Stück Brot und schnitt der Flasche – vorsichtig – den Hals ab.

Im Schrank hatte er noch einen Rest Erde, speziell für Balkonpflanzen, übrig geblieben von den Töpfen mit Basilikum und Thymian, die er im Frühling auf dem Küchenfensterbrett gepflanzt hatte. Er füllte den Flaschenkörper mit dieser Erde und steckte drei Sonnenblumenkerne ein. Sein Vorhaben ließ ihn nicht lange warten: Einige Tage später drängten winzige, hellgrüne Blätter unter den Erdknöllchen hervor und rankten nach Licht.

Daraufhin kehrte Karl ans Rhone-Ufer zurück und beobachtete die Strömung aufmerksam. Jedes Mal, wenn eine Plastikflasche an ihm vorbeischwamm, sprang er ins Wasser, schwamm einige heftige Züge weit und rettete eine neue verlorene Seele vor ihrem Schicksal der letzten Reise.

Alle diese Flaschen kamen gefüllt mit Erde der Reihe nach auf seinen Tisch, dann auf den Küchen-Wohnzimmer-Büro-Boden, und schließlich bildeten sie zusammen einen richtigen Gemüsegarten. Stängel, Blätter und Blumen wuchsen, Früchte reiften in seinem Garten: Zwergtomaten, Gurken, Peperoni, Basilikum, Petersilie, Minze, Zitronenthymian, Rosmarin, sogar eine junge Weinrebe hatte begonnen am Tischbein hochzuwachsen. Inzwischen hatte Karl seine Gartentechnik verfeinert, die Flaschenböden mit einem kleinen Loch versehen und die kreierten

Pflanzentöpfe auf Plastikteller gestellt, welche er ebenfalls am Ende des Chemin des Saules gefunden hatte.

Jeden Tag fuhr Karl nun nach der Arbeit ans Rhone-Ufer und begab sich auf die Suche nach verlorenen Seelen, und er wurde immer fündig. Er hatte auch angefangen, sich besser auszurüsten, um alle seine Fundstücke des Tages nach Hause zu bringen: einen Rucksack zuerst, dann Seitentaschen fürs Fahrrad und schließlich einen Anhänger, um große, schwere Objekte abzutransportieren.

3

Die Gegenstände in Karls Zweizimmerwohnung wurden nach und nach durch verlorene Seelen aus der Rhone ersetzt, stolz darauf, ihren Lebenszyklus in Karls Wohnung beenden zu dürfen: Vasen, Schüsseln, Schachteln. Nur Plastikgeschirr nahm nicht seine ursprüngliche Funktion ein. Karl hatte seine Ansprüche. Die Plastikgabeln und Plastikmesser dienten ihm als kleine Halterungen für die Zwergtomaten oder als Lesezeichen in seinen Büchern. Eines Tages zog er eine lange Schnur aus dem Wasser, ein zerfranstes, von allen ihm in seinem Leben aufgegebenen Aufgaben sehnig gewordenes Wesen. Wie eine lange, müde Schlange lag es da auf seinem Küchen-Wohn-Büro-Tisch.

Da nahm Karl ein Stück dieser Schnur, legte es vor sich aus, holte zwei zerquetschte Plastikflaschen und umwickelte sie mit dieser Schnur. Das wiederholte er mehrere Male, und so band er zwei Dutzend Flaschen zu einem Brett zusammen. Mit dem Rest der Schnur schnürte er vier starke Stützen und befestigte diese am Brett. Als er diese Konstruktion fertig hatte, setzte er sich auf seinen neuen Hocker und servierte sich ein Glas Weißwein – dies natürlich nicht in einem Plastikglas, sondern im Glas aus Glas. Stil muss sein, bitte schön, sagte er sich und stieß mit seinen Pflanzen, seinen Töpfen, seinen Vasen, seinen Kisten auf die Gesundheit an, und er wünschte seiner neuesten Kreation, dem Hocker, gebaut von A bis Z aus verlorenen Seelen, ein langes Leben!

Im Gegensatz zu dem, was man aus dem bisher Erzählten glauben möchte, hatte Karl viele Freunde. Aus diesem Grund machte er sich sofort auf die Suche nach anderen Schnüren, um weitere Hocker zu bauen.

Bereits ein paar Tage später lud er fünf Freunde zum Aperitif ein, ließ sie sich auf seine neu geschnürten Stühle setzen und servierte ihnen Weißwein und Oliven in richtigen Gläsern und auf richtigen Tellern, dies jedoch auf seinem Tisch aus gepressten PET-Flaschen, der seinen Küchen-Wohn-Büro-Tisch ersetzt hatte.

„Erstaunlich!", sagten seine Freunde, „Beeindruckend!", „Bemerkenswert!", fügten andere hinzu und versprachen lang und breit „Das mach ich auch!", „Verrückt! Und so einfach!", „Man musste nur auf die Idee kommen!"

Aber natürlich nahm sich später niemand die Mühe, den Müllmann zu spielen, wie sie seine Aktivität aus Spaß getauft hatten.

„Kein Problem", sagte Karl, „bleibt nur bei eurem vorfabrizierten, vorabgezählten, vormontierten Do-it-Yourself. Ich kümmere mich um das echte Selbstgemachte."

Und so kam Karl zu seinem ersten Auftrag: François, Karls Jugendfreund, bestellte bei ihm eine Kommode mit Schubladen und einem Wickeltisch. Denn François, nachdem er sich hatte scheiden lassen, verliebte sich in eine sehr schöne und ebenso junge Frau, und das Wunder des Lebens ließ nicht lange auf sich warten. Der kleine Alain hatte gerade seine geburtsfrische und reine Seele erhalten, als Karl der jungen Familie seine erste vollständig aus verlorenen Seelen gebaute Kommode lieferte.

Drei Monate später hatte Karl ein Dutzend Tische, drei Kommoden, eine ganze Serie Stühle und seine neueste Kreation geliefert: ein Sofa.

Seine kleine Wohnung, inzwischen vollständig mit wiederverwendeten Plastikwaren möbliert, sah sich umgewandelt in ein Atelier der Plastik-Wiederverwertungs-Möbel-Konstruktion auf Bestellung.

4

Karls neues Leben nahm ein abruptes Ende, als er sich gerade mitten in der weiteren Erforschung der Konstruktionen mit von überall hergetragenen verlorenen Seelen befand.

Eines Tages im Winter, am 12. Februar, um genau zu sein, erhielt er einen Brief gegen Unterschrift. Der Briefträger klingelte, während Karl daran war, seine Blumen zu gießen.

„Ein Brief für Sie, eine Unterschrift bitte!", sagte der Briefträger und streckte ihm einen kleinen Apparat mit einem Minibildschirm und einen Stift entgegen.

Der weiße Umschlag ohne Werbung, auf dem weder ein Logo noch ein Absender zu erkennen war, ließ ihn nichts Gutes erahnen.

„Muss ich das akzeptieren?", fragte er halb zum Spaß.

„Sie sind überhaupt nicht dazu verpflichtet, mein Herr", antwortete der Briefträger, „Sie haben durchaus das Recht, nicht zu unterschreiben, und der Brief wird an seinen Absender zurückgeschickt, auch wenn er nicht auf dem Umschlag vermerkt ist, wir finden ihn immer. Es kommt schon hin und wieder vor, dass jemand an ihn adressierte Post verweigert. Aber glauben Sie mir, das nützt nichts. Gesendete Post findet immer ihren Adressaten, auch wenn dieser sie verweigert. Das Geheimnis ist, wenn Sie mir gestatten, dass man im Leben Ja sagen muss. Das ist meine Meinung, aber das betrifft nur mich, also machen Sie mit diesem Brief, was Sie wollen." Er streckte ihm noch einmal den Apparat und den Stift entgegen. „Unterschreiben Sie, oder unterschreiben Sie nicht?"

Karl war überrascht, schaute dem Briefträger in die Augen, betrachtete den Stift und den Brief, schaute noch einmal in die Augen des Briefträgers, fand dort jedoch nur die absolute Gleichgültigkeit.

„Sie helfen mir gar nicht", sagte Karl, „aber dann werde ich wohl Ja sagen." Und er unterschrieb.

„Danke, wieder etwas vollbracht!", rief der Briefträger. „Der Rest ist Schicksal! Einen schönen Tag wünsch ich!", und auf und davon war er.

Nachdem Karl die Tür geschlossen hatte, riss er den Umschlag mit seinem neuen Brieföffner, dem Plastikflügel eines Modellflugzeuges, auf. Das Ergebnis war erschütternd: Der Hausbesitzer, sich auf das Obligationenrecht beziehend, kündigte ihm den Mietvertrag wegen unrechtmäßiger gewerblicher Benützung der Wohnung, und dies mit einer Frist von 30 Tagen, aufgerundet auf den 15. März.

Karl servierte sich ein großes Glas Genfer Chasselas und setzte sich in den aus gepresstem Plastik geschnürten Sessel, den er mit einer Leinendecke überworfen hatte. Die Armstütze hätte etwas Verstärkung gebraucht, und die Rückenlehne sollte verstellbar sein – Karl hatte bereits eine kleine Idee, wie er dies realisieren konnte. Hingegen hatte er nicht den leisesten Schimmer, wie er in so kurzer Zeit eine andere Wohnung finden konnte. Die Stadt, in der er wohnte, war sehr begehrt bei multinationalen Unternehmen, die einerseits auf Steuerflucht waren und andererseits nach maximaler Sicherheit für ihre teuer bezahlten Manager suchten, in einer geschützten Umgebung, weitab aller Gewalt, die sie selbst durch die Ausbeutung mit ihren Tätigkeiten kreierten.

Die zweite Frage war: Wie hatte der Hausbesitzer von

seiner neuen Aktivität als Plastik-Wiederverwertungs-Möbeldesigner Kenntnis erhalten? Um dies herauszu-finden, hatte Karl nur eine Möglichkeit:

Am Nachmittag jenes 12. Februar, einem regnerischen, kalten, uninteressanten Tag, klingelte Karl an der Tür der großen Villa mit Park in Vernier. Das Glück war ihm wohlgesinnt, und der Hausbesitzer persönlich öff-nete die Tür.

Noch bevor Karl die Möglichkeit hatte, mehr zu sagen als Guten Tag, sah er hinter der beeindruckenden Statur des Besitzers ein Sofa im Eingangsbereich stehen, ein Möbelstück gänzlich aus PET-Flaschen einer Markenlimonade gebaut, sein eigenes Werk. Er erkannte es sofort, denn die Rückenlehne hatte ihm mehrere Probleme bereitet, so wie der Wunsch des Kunden, die Marke seiner Lieblingslimonade hervorzuheben.

„Ja, was gibt's?", fragte der Hausbesitzer.

„Nichts", sagte Karl, „überhaupt nichts, entschuldigen Sie, ich habe mich in der Adresse geirrt." Er machte eine Pirouette auf seinen Absätzen und ging den Weg zurück.

5

Im Wissen darum, dass er in so kurzer Zeit niemals eine andere Wohnung finden würde, hatte Karl das Wort „finden" bald durch das Wort „konstruieren" ersetzt.

Denn in seinem Keller hatte er während Jahren ein elektrisches Dreirad aufbewahrt. Es war ein Fahrrad für Erwachsene, das seinem Freund dazu gedient hatte, die Kinder in die Krippe und am Abend wieder nach Hause zu fahren. Karl hatte dieses Dreirad ohne bestimmte Idee übernommen, einfach mit dem unbestimmten Gefühl, dass ihm dieses Rad eines Tages nützlich sein könnte – und dieser Tag war offensichtlich gekommen!

28 Tage später brauchte sein neues Werk nur noch einen letzten Schliff: Auf dem elektrischen Dreirad hatte Karl einen Wohnwagen konstruiert, natürlich vollständig aus wiederverwertetem Plastik gebaut. Dazu hatten die verlorenen Seelen aus der Rhone nicht mehr gereicht. Karl musste andere Orte aufsuchen, um die Materialien für seinen ausgeklügelten Plan zu finden. Und er beschränkte sich nicht mehr auf Plastik: Aluminium- und Konservendosen, Metallgegenstände, Stoffe und alle anderen von Menschen hinterlassenen Spuren in der Natur dienten ihm nun als Basis für seine Konstruktionen. Und das Resultat ließ sich sehen: ein zweistöckiger Wohnwagen mit Küche im ersten und einem Schlafraum im zweiten Stock. Die Mauern, die Fenster und das Dach waren mit recyceltem PET gebaut. Das Dach war mit Sonnenkollektoren bestückt, die den Antriebsmotor

unterstützten und zusätzliche Energie für Licht am Abend und sogar für die gelegentliche Benützung einer kleinen Bohrmaschine spendeten. Für die Küche hatte er einen kleinen Gasherd auf der Straße gefunden. Die beiden Kindersitze im Anhänger des Dreirades waren die beiden Stützpfeiler seines neuen Hauses - und seines neuen Lebens.

Am 14. März sammelte Karl seine letzten sieben Sachen seiner Existenz zusammen: Kleider, Notizbücher, Regenmantel, Wanderschuhe, Hut. Alles hatte in zwei großen Taschen Platz, eine an jeder Hand. Und so verließ er seine Zweizimmerwohnung und das gesamte Werk seiner Kreationen. Auf dem Küchen-Wohn-Büro-Tisch hatte er ein paar Worte an den Hausbesitzer adressiert:

Ich überlasse Ihnen die Möbel für Ihre Sammlung,
mit freundlichen Grüßen
Karl
Plastikhandwerker, PET-Designer, Waste architect,
Lebenskünstler

Er öffnete die Tür seines neuen Hauses, zog die Schuhe aus und verstaute seine Sachen im dafür vorgesehenen Schrank. Dann setzte er sich auf den Sessel des Dreirades und begann zu treten.

6

Einige Leute hielten abrupt inne und drehten den Kopf nach dem seltsamen Gefährt um, das einem Wohnwagen glich, sich dann aber als Ansammlung von Müll herausstellte. Im Schneckentempo rollte es voran, gesteuert von einem älteren Herrn. Automobilisten hupten, manche Fußgänger legten kurzentschlossen Hand an und versuchten, den Wohnwagen zu stoßen. Karl musste mehrmals anhalten, um von seinem Haus heruntergefallene Teile und Flaschen einzusammeln. Offensichtlich war seine Konstruktion weit von der Perfektion entfernt. Die Vibrationen und die Schocks auf der Straße waren Parameter, die Karl nicht einberechnet hatte. Wie ein Kapitän, der auf hoher See seine Segel aufzieht, musste er während des Fahrens hier und da eine Schraube nachdrehen und Schnüre neu straffen. Es war halb fünf Uhr nachmittags, und die große Masse der Büroangestellten befand sich in Eile, um ihre privaten Identitäten zu retten. In diesem Notfallverkehr bildete Karls Wohnwagen ein monumentales Hindernis. Das Gehupe entwickelte sich zu einem veritablen Konzert des Ärgers, der Bestürzung und der Verzweiflung.

Drei Stunden später war es Karl gelungen, den Wohnwagen intakt ans Seeufer zu fahren. Gerade vor dem Palais Wilson, dem Sitz des Büros des Hochkommissariats der Vereinten Nationen für Menschenrechte, befand sich ein breiter Rasenstreifen, perfekt, wie Karl schien, um dort sein neues Haus hinzustellen und sich niederzulassen. Er hielt an und installierte sich zwischen der Straße und den Blumen auf der einen Seite und der Promenade und dem See auf der anderen.

Dann fuhr er die kleine Treppe des Haupteingangs aus und klappte sie auf den Rasen hinunter. Und so stieg er die Stufen hinab, eine um die andere, und setzte seinen Fuß (den linken zuerst) auf die Erde. Ein kleiner Schritt für seinen Fuß, ein sehr großer für Karl!

Kaum zehn Minuten später fuhr eine Patrouille der Stadtpolizei um die Kurve der Rue Jean-Antoine-Gautier auf den Quai Wilson. Mit mehreren Sirenenstößen hielt das weiße Auto halb auf dem Trottoir, halb auf dem Fahrradweg. Drei Beamte in Uniform entstiegen dem erleuchteten Polizeiwagen: der eine bärtig wie eine Ziege, der andere glatzköpfig wie ein Ei, der dritte rund wie eine Wassermelone.

Das Urteil war niederschmetternd und unabdingbar: Eine Geldstrafe von 150 Franken für das Parkieren eines Fahrzeuges auf öffentlichem Grund, Verpflichtung, den Ort sofort zu verlassen, und Anordnung, das Fahrzeug gemäß dem Verkehrs- und Parkierungsreglement auf einem offiziell dafür vorgesehenen Parkplatz zu stationieren.

Die drei Beamten blieben mit verschränkten Armen vor Ort, bis Karl die Treppe seines Hauses wieder hochgestiegen war und auf dem Sessel des Dreirades Platz genommen hatte. So trat Karl also in die Pedalen und brachte seinen Wohnwagen auf die Straße zurück. Die drei Polizisten, von Lachanfällen geschüttelt, drohten ihm mit einer zweiten Strafe, diesmal wegen Verkehrsbehinderung. Vom Polizeiwagen begleitet fuhr Karl bis zu einem freien Parkplatz.

„Sie haben Glück", sagte der Glatzköpfige, „es ist fast 18 Uhr, Ihnen bleibt nur noch eine Stunde zu zahlen, danach haben Sie Ruhe bis 7 Uhr morgens. Morgen früh können Sie noch einmal 90 Minuten bezahlen, aber dann müssen Sie Ihr Fahrzeug umparkieren, so ist das Reglement."

„Und glauben Sie uns", fügte der Runde bei, „wir werden es nicht verpassen, Ihnen noch einmal eine Visite abzustatten."

„Außerhalb der Stadt finden Sie Gratisparkplätze", ergänzte der Bärtige.

„Ok, ok!", sagte Karl, um die Aussichtslosigkeit wissend, mit Schweizer Polizeibeamten zu diskutieren. Aber bevor er die Stadt verließ, hatte er eine Idee.

7

Das Büro für Markt- und Gastrobewilligungen der Stadt befand sich im fünften Stock des Gemeindehauses, dritte Tür links, Empfang nur auf Anmeldung.

„Es handelt sich um eine Angelegenheit von höchster Dringlichkeit! Ich habe nur 90 Minuten, bevor ich mein Haus wieder umplatzieren muss, das ist euer eigenes Reglement!", beharrte Karl, bis man ihm einen Empfang gestattete. Das administrative Resultat der sehr angeregten Diskussion war das Erstaunlichste für beide Parteien:

Die Stadtverwaltung, aufgrund ihrer Stellung und ihrer Funktion als Exekutive, gewährt Karl Kačnic das einmalige und ausschließliche Recht, einen Wohnwagen, der vollständig aus Plastik und wiederverwendeten Materialien gebaut ist, in der Nähe des Sees auf der öffentlichen Straße zu parkieren, genauer: auf dem grünen Streifen zwischen dem See und dem Palais Wilson, und dies unter folgenden Bedingungen:

- Der Wohnwagen muss von öffentlichem Nutzen sein, das heißt: Er muss ein Treffpunkt und Informationsort sein, der Besucher über nachhaltige Entwicklung und die Gesundheit unseres Planeten informiert.

- Der Inhaber des Wohnwagens muss sich im Unterhalt und im Betrieb des Wohnwagens 100% selbst engagieren, und dies als Selbständigerwerbender. Er darf weder jemanden einstellen noch darf er selbst anderweitig ein Engagement annehmen.

- Anmerkung: Der Verkauf von Alkohol ist aus selbsterklärenden Gründen verboten.

Datiert, unterschrieben, gestempelt.

Übersetzung: Karl durfte seinen Wohnwagen dort platzieren, wo er ihn zu Beginn abgestellt hatte, unter der Bedingung, dass er sein neues Haus in einen Tearoom ohne Alkohol umfunktionierte und bei der Universität seinen Job kündigte.

Und genau dies tat er.

So kam Karl zu seinem ersten Vornamen: indem er am Ufer des Genfersees die „Buvette Kasimir" eröffnete. Kasimir war Karls Phantasiename. Schon als Kind hatte er sich in die Rolle dieses Erforschers des Unbekannten hineinprojiziert, in diesen Kämpfer, der eine Parallelwelt eroberte. Die gegenwärtigen Umstände schienen ihm der günstige Augenblick, um Kasimir zum Leben zu erwecken.

Der Informatiker, der Familienvater, der geschiedene Mann, das Leben von Karl Kačnic nahm ein Ende. Kasimir feierte seine Geburt in Gegenwart seiner drei Kinder und von ein paar Freunden auf der Terrasse der allerjüngsten Buvette der Stadt, bei Kuchen und selbst produzierten Limonaden.

8

Die erste Nacht nach der Eröffnung der Buvette Kasimir war die schönste und die schlimmste gleichzeitig. Begeistert hatte er seine drei Kinder und Freunde zur Einweihung des Schlosses seines neuen Lebens am Seeufer eingeladen. Es war ein lustiges Fest mit Girlanden und Feuerwerk. Für die Kinder hatte er einen Elefanten, eine Lokomotive und einen hohlen, besteigbaren Kürbis gebaut, selbstverständlich alles aus verlorenen Seelen.

„Papa!", sagte sein Sohn, „man erkennt dich ja gar nicht wieder!"

„Du bis 20 Jahre jünger geworden!", fügte seine jüngste Tochter hinzu.

„Wo hast du das Geschirr versteckt?", fragte die Älteste und schickte sich an, im Innern des Wohnwagens nach Gläsern und Tellern zu suchen.

Kasimirs Freunde hatten ihm zur Überraschung eine große Menge Getränke in PET-Flaschen mitgebracht in der Absicht, Material für seine Konstruktionen zu liefern. Und so bildeten sie im Verlauf des Festes einen kleinen Flaschenberg neben dem Wohnwagen.

Als Kasimir todmüde und überglücklich im zweiten Stock seines Wohnwagens ins Bett fiel und sofort einschlief, packten die nächtlichen Spaziergänger die Möglichkeit beim Schopf und warfen die Reste ihrer Saufgelage auf den PET-Flaschenberg: Bier- und Limonadendosen, Whisky- und Wodka-Flaschen, andere PET-Flaschen und Becher, Plastiksäcke, Hamburgerpackungen und schmutzige Servietten, alle Abfälle des Nachtlebens am See sammelten sich rund um Karls Wohnwagen an, so dass man bei Sonnenaufgang die Tische und Stühle der Terrasse kaum mehr erkannte. Auch wenn die noch brauchbaren Gegenstände von anderen Passanten schnell wieder mitgenommen wurden, schauten nur noch die Spitzen der Sonnenschirme aus dem Abfallberg.

Die ersten Hunde-Spaziergänger machten ihrem Ekel Luft, einige Jogger kreisten um den Berg, um ihre ersten Eindrücke zu verifizieren, Fahrradfahrer hielten an, um einen Abfallsack, einen alten, von Motten zerfressenen Teppich zu deponieren oder ein Objekt mitzunehmen.

In ein paar Stunden war Kasimirs Buvette zur Müllhalde des Seeufers geworden, wo man alte Stühle und Tische finden konnte, zwei ganze Betten, mehrere fleckige Matratzen, eine fünfschubladige Kommode, einen Kühlschrank mit Gefrierfach, eine Waschmaschine, drei mechanische Schreibmaschinen, fünf Kisten voller Bücher in mehreren Sprachen, zwei Computer.

Zugegeben, Kasimir war an diesem zweiten Tag seiner Existenz als Wirt nicht beizeiten aufgewacht. Es war tatsächlich schon viel zu spät, als er vom zweiten Stock herunterkam und durch das Fenster seines Wohn-Küchen-Büro-Ateliers die Katastrophe erkannte, die sein Haus überdeckt hatte, so wie in guten alten Zeiten der Schnee jeweils während der Weihnachts-Nacht die Welt mit einem weißen Schleier überzogen hatte.

Die Visite der Polizei ließ nicht auf sich warten. Der Bärtige, der Glatzköpfige und der Runde erwarteten ihn draußen vor dem Abfallhaufen.

„Was sagen Sie dazu?", fragte der Glatzköpfige.

„Verstoß gegen das Ordnungs- und Reinhaltungsgesetz des öffentlichen Raumes! Das Reglement ist sehr klar dazu, und die Sanktionen sind strikt: Haben Sie mit dem Sperrgut-Service der Stadt einen Termin vereinbart, um das alles wegzuräumen?"

„Haben Sie eine Bewilligung für den Platz, den Sie außerhalb der definierten Zone belegen? Ein Elefant, eine Lokomotive und ein Kürbis liegen in der Wiese!"

„Ich hoffe, Sie haben eine Lösung, um das alles bis Mittag wegzuräumen!", doppelte der Runde nach, „sonst sehen wir uns genötigt, selbst einen Sperrgut-Service anzurufen, auf Ihre Rechnung versteht sich!"

Kasimir brauchte eine Stunde, um alle Objekte wegzuräumen, nur um das Vorderrad des Dreirades zu befreien, und nochmals eine halbe Stunde für die beiden Hinterräder. Danach nahm er ein Stück Papier und einen Stift, den er im Abfallhaufen fand, und schrieb Folgendes:

Schicken Sie mir die Rechnung.
    Kasimir

Er steckte eine alte Radioantenne in das Papier und pflanzte das Ganze wie eine Flagge auf den Abfallhaufen.

So verließ Karl den Ort, die Stadt und die Schweiz.

9

Die erste Stadt, die Kasimir mit großem Trara erreichte, war Lyon. Er war ganz einfach auf der Route Départemental der Rhone entlanggefahren. So kam er von Dorf zu Dorf, stationierte sein Gefährt auf den Gemeindeparkplätzen, um am nächsten Morgen weiter der Straße zu folgen.

An jedem Ort, wo er eine Plastikflasche oder ein anderes von Menschen hingeworfenes Objekt sah, hielt er an, um es einzusammeln.

Der Katalog des Ateliers Kasimir zur Plastik-Wiederverwertung erweiterte sich um kleine Spielsachen, Werkzeuge, Spiegel, Bürsten und Besen, verschiedene Arten von Kunstblumen, eine ganze Serie von Tieren und Phantasiewesen, sogar Kleider hatte Kasimir versucht herzustellen, ohne Erfolg.

In Lyon parkierte er auf der Place Bellecour und wurde sofort zur Attraktion des Tages. Eine ganze Menschentraube versammelte sich staunend um all die Objekte, die Kasimir auf dem Weg von Genf nach Lyon konstruiert hatte.

Es dauerte nicht lange, bis der erste Neugierige sich nach dem Preis des kleinen Dreirades erkundigte, das Kasimir mit viel Sorgfalt restauriert hatte.

„Für meinen Sohn!", sagte der Kunde.

„Ich habe auch einen Sohn. Geben Sie mir, was Sie als einen fairen Preis betrachten", antwortete Kasimir.

Danach verkaufte er seine Werke mit einem solchen Erfolg, dass sich die Kunden überboten. Am Ende des Tages blieb ihm nichts mehr, außer ein paar plattgedrückten Flaschen, die er noch nicht verarbeitet hatte.

In diesem Augenblick baute sich ein Polizist vor seinem Haus auf.

„Sehr geehrter Herr", sagte er, „aufgrund der großen Menschenmenge, die Sie angezogen haben – ich habe Sie beobachtet, Sie haben für die Bewohner unserer Stadt ein schönes Spektakel geboten! – muss ich Sie nun bitten, Ihr Fahrzeug von diesem öffentlichen Platz zu entfernen und dafür einen ordentlichen, dem Verkehrsreglement konformen Parkplatz zu suchen."

Kasimir hatte nicht einmal die Gelegenheit, dem freundlichen Polizisten zu antworten, als ein Mann in Anzug und Krawatte dazwischenkam:

„Entschuldigen Sie, ich habe gesehen, wie Sie alle Ihre wunderbaren, selbst konstruierten Werke verkauft haben. Jetzt bleibt Ihnen nur noch Ihr Wohnwagen. Aber ich bin sicher, dass Sie einen solchen im Nu wieder bauen können, jedenfalls viel besser als ich. Deshalb biete ich Ihnen an, Ihren Wohnwagen zu kaufen, denn ich brauche ein Dach über dem Kopf. Aber leider habe ich kein Geld. Das Einzige, was ich besitze und was ich Ihnen anbieten kann, ist ein altes Karussell. Es steht in Cavalaire, in einem kleinen Dorf im Süden, im Département Var. Dieses Karussell benötigt dringend eine Renovation. Aber die Bewilligung für die Stationierung auf der Promenade de la Mer ist noch immer gültig. Ich bin sicher, dass Sie etwas Wunderbares daraus machen werden!"

„Lassen Sie mir eine Nacht und einen Tag", antwortete Kasimir kurzentschlossen, „und der Wohnwagen gehört Ihnen, mit allem, was er beinhaltet."

10

Es ist nicht schwer zu erraten, was Kasimir mit dem Karussell in Südfrankreich unternahm. Er fand es in der Werft von Cavalaire-sur-Mer, untergestellt und eingeklemmt zwischen alten Schiffswracks, bedeckt von einer Plane, die in Stücke zerfiel, als Kasimir sie herunterzog. Mit einigen Schritten machte Kasimir die Runde, nahm Maß und konstatierte den katastrophalen Zustand.

„Gehört das Ihnen?", fragte eine Stimme hinter ihm, und als er sich umdrehte, erkannte er einen großen, bärtigen Mann in einer schmutzigen Latzhose.

„Ja, seit heute!"

„Räumen Sie dieses Wrack aus dem Weg! Das steht schon seit Ewigkeiten hier. Hat hier nichts zu suchen!"

„Keine Sorge, ich bring das schon weg. Lassen Sie mir ein paar Tage", sagte Kasimir, um den Chef der Hafenwerkstatt etwas zu beruhigen. Und da dieser schon da war, fragte er ihn: „Hätten Sie nicht zufällig ein Fahrrad, das Sie mir leihen könnten?"

„Ein Fahrrad? Ich hab' sogar drei, alle so alt wie dieses Karussell. Bin froh, wenn das alles wegkommt!"

Noch am selben Tag erkundete Kasimir die Gegend auf einem alten Peugeot, einem Rennrad, das, wie der Werkstattchef versichert hatte, in den 50er-Jahren an der Tour de France teilgenommen und sogar gewonnen hatte. Aber niemand wollte ihm seine Geschichte glauben, weshalb das Rad in Vergessenheit geraten war. Kasimir verlieh ihm eine neue Jugend und befestigte einen Anhänger, um die Bierdosen, PET-Flaschen, die Schnüre und anderen Materialien, die er in der Natur finden konnte, einzusammeln. Mit all den Dingen, die er am Straßenrand, in den Wäldern und am Strand fand, konnte er die Figuren des Karussells eine um die andere renovieren: ein weißes Pferd, das eine offene Kutsche hinter sich herzog; einen Löwen mit einem Rachen in Form eines Stuhls; einen Kürbis in Form einer Karosse; einen Elefanten, der auf beiden Seiten des Rückens eine Bank trug; einen Schwan, der mit seinen Flügeln einen Fauteuil formte; drei gesattelte Einhörner im Parallelschritt; einen Affen, der auf seinem Finger mit einem Stuhl jonglierte; ein Nashorn mit hohlem Bauch – man konnte seine Hand durch den Hals hoch und aus dem Mund strecken – und eine hellbraune Katze mit einem weichen, zu einem Kissen geformten Fell.

„Wenn Sie mir kurz helfen, dann sind Sie von diesem Eindringling für immer befreit!", sagte Kasimir zum Chef der Hafenwerkstatt. Und so kam der Kran, der normalerweise tonnenschwere Schiffe aus dem Wasser hievt, und zog das Karussell zwischen den Wracks hervor bis zur Straße, dann über den Hafen und bis zur Promenade de la Mer, dem Platz, der dem Karussell von der Stadt zugeteilt und bewilligt worden war, datiert und unterzeichnet im Jahr 1961, gültig für immer.

Die beiden anderen Fahrräder, die der Werkstattchef der Werft auf den Schrott werfen wollte, benützte Kasimir, um einen kleinen Wohnwagen auf vier Rädern zu bauen, mit nur einem Stockwerk diesmal, gerade mal, um darin schlafen zu können, ausgestattet mit einem Sitz für den Steuermann in der Mitte und mit Pedalen, die über eine Welle mit beiden Fahrrädern verbunden waren. Er wollte flexibel bleiben, vor Polizisten ist man nie sicher!

11

Und so kam es, dass Kasimir seinen Vornamen ein zweites Mal wechselte: Als er die Struktur und den Rahmen des Karussells putzte, kam an der Dachverzierung ein goldener Schriftzug auf blauem Grund zum Vorschein. Von Hand hatte jemand die schönen kursiven Lettern auf das Holz gemalt:

Le Carrousel de Phantasio

An jenen Nachmittagen im August ging Kasimir nun an den Strand und verkündete die neue Attraktion in Cavalaire-sur-Mer: Meine Damen und Herren, aufgepasst! Phantasio lädt Sie und Ihre jungen Damen und Herren auf eine Reise in die Welt der Träume ein! Besteigen Sie diese fantastischen Tiere! Probieren Sie ihre imaginäre Kraft aus! Lassen Sie sich mitreißen in die buntesten und kontrastreichsten Abenteuer! Meine Damen und Herren, besuchen Sie das Karussell des Phantasio, eine Attraktion, die vollständig mit wiederverwerteten Materialien restauriert wurde! Nehmen Sie Platz und lassen Sie sich entführen in die Welt des zweiten Lebens dieser verlorenen Seelen! Nichts ist unmöglich! Alles ist lebbar im Traum!
Er verteilte kleine Zettel mit einer Zeichnung des Karussells, die er selber angefertigt hatte, und verschenkte Bons für eine erste freie Fahrt. Als Adresse hatte er darauf geschrieben:
Kasimir Phantasio, Promenade de la Mer, Cavalaire
Am Abend strömten die Kinder herbei, das Karussell begann zu drehen und die restaurierten Figuren zu

zeigen: den Löwen, dessen Mähne mit Schnüren aus Fischernetzen restauriert worden war; das Nashorn, das mit plattgedrückten Pfannen eine neue Haut bekommen hatte; das weiße Pferd, das mit frischen Hufen aus Wassertöpfen und Ohren aus Löffeln bestückt worden war; und eine nigelnagelneue Kutsche, gebaut aus einem Eichenfass. Der Kürbis seinerseits war aus Limonadendosen vollständig neu gebaut und mit einem Seidenvorhang versehen worden. Der Affe und der Elefant hatten neue Konstruktionen zu tragen: auf dem Rücken des Elefanten richtete sich jetzt ein kleiner, dreistöckiger, aus altem Eisen gebauter Wolkenkratzer auf, und auf dem Zeigefinger des Affen balancierte der Thron von König Plasticus, eine Ansammlung von PET-Flaschen. Der Schwan hatte neue Federn aus Plastiktaschen erhalten, und die feinen Haare vom Fell der Katze waren mit Fäden von zerzupften Stoffen angereichert worden.

Die Eltern zeigten sich zurückhaltend, etwas beängstigt sogar – „Wird das halten?" – aber die Kinder sahen nur den Spiegel ihrer eigenen Vorstellungskraft. Und es war durch die Anziehungskraft der Phantasie, dass die ersten Kinder das Karussell bestiegen, um sich einer der Figuren zu bemächtigen. Sobald die Plattform sich zu drehen begann, explodierten die imaginären Welten der Kinder. Und diejenigen, die den außergewöhnlichen Effekt dieser Traummaschine ein erstes Mal erfahren hatten, wollten ihn, zum Erstaunen der Eltern, um jeden Preis noch einmal erleben. In nur einer Woche hatte Kasimir Phantasio mehr als zweihundert Kinder in ihre imaginären Welten transportiert. Und nichts schien diesen Erfolg aufhalten zu können.

12

Aber Ende August ging die Ferienzeit zu Ende, und Kasimir Phantasios Traummaschine wartete vergebens auf den Zustrom der Enthusiasten. Kasimir überlegte, ob er in die nächste größere Stadt umziehen sollte. Seinen kleinen Wohnwagen, gebaut auf zwei Fahrrädern, konnte er gut an einen anderen Ort fahren. Aber das Karussell, das brauchte den Kran der Werft, um in Bewegung gebracht zu werden. Und um wohin zu fahren? Die einzige Bewilligung zur Stationierung des Karussells, die er hatte, war hier auf der Promenade de la Mer, in Cavalaire.
Kasimir machte sich langsam Sorgen.

Aber nicht für lange.
Ende September entdeckte Kasimir auf der Promenade neue Nachbarn. Ganz in seiner Nähe war ein kleines Theater aufgebaut worden. Kasimir mischte sich unter das wenige Publikum, um sich die Vorstellung anzusehen. Hinter einer Installation aus mehreren Vorhängen wurden Marionetten durch beinahe unsichtbare Fäden bewegt. Ein Prinz musste seine geliebte, bewunderte, umschwärmte Prinzessin gegen einen bösen Drachen verteidigen. Eine Fee flog ihm zu Hilfe, und der Einzug ins Schloss war majestätisch mit Musik und Licht inszeniert.

Plötzlich erschien ein Haarschopf in den Kulissen, gefolgt vom Gesicht und schließlich vom ganzen Körper eines alten Mannes, der sich nun vor dem Publikum aufbaute.

„Kommt! Kommt nur!", rief der Marionettenspieler ins Publikum, „versuchen Sie es selbst!"

Sein Zeigefinger schweifte über das Publikum hinweg, auf der Suche nach einem Freiwilligen, und hielt dann plötzlich inne, auf Kasimirs Brust gerichtet.

„Was? Ich?" Kasimir schaute nach links und nach rechts, drehte sich nach hinten.

„Ja, du! Komm zu mir auf die Bühne!"

„Nach vorn! Nach vorn!", schrien die Kinder, und die Nachbarn von links und von rechts schoben ihn vorwärts, bis Kasimir sich auf der Bühne wiederfand und die an Bügeln befestigten Fäden manipulierte, um den Drachen zu bewegen.

Zur Überraschung aller und zur eigenen großen Überraschung gelang es Kasimir vorzüglich, dem Drachen aus Holz und Stoff Leben einzuhauchen. Der Applaus ließ ihn gar erröten.

Nach diesem Erfolg lud ihn der Marionettenspieler zu einem Glas Aprikosenschnaps ein.

„Um anzustoßen, von Puppenspieler zu Puppenspieler sozusagen!"

Von dieser Bemerkung ein bisschen überrascht, akzeptierte Kasimir die Einladung und setzte sich auf den Klappstuhl hinter dem Theater. Der Marionettenspieler war vollständig mit Campingmaterialien ausgerüstet, das entdeckte Kasimir jetzt. Unter der Bühne war sogar ein kleiner Raum mit einem Schlafsack eingerichtet.

„Ich habe Sie ausgewählt, weil sie ein Kollege von mir sind", vertraute der Marionettenspieler ihm an.

„Ach ja?"

„Ja, Ihr Karussell besteht aus Marionetten, genau wie mein Theater. Und sie animieren eine Inszenierung von Träumen, genau wie ich mit den Stäben und den Fäden."

„Jetzt, wo Sie es sagen!", sagte Kasimir. „Ja, genau so ist das."

„Prost!"

„Prost!"

„Ich mag die Figuren Ihres Karussells", fuhr der Marionettenspieler weiter, „sie sind schön, und sie haben eine Aura, eine Seele!"

„Das ist so, weil sie aus verlorenen Seelen gebaut sind", sagte Kasimir.

„Verlorene Seelen? Was ist denn das?"

Und so erzählte Kasimir dem Marionettenspieler die Geschichte der PET-Flasche, die er aus der Rhone gerettet hatte, und alles, was daraufhin folgte, und wie er schließlich hierher, nach Cavalaire-sur-Mer, gekommen war, um sich um das Karussell des Phantasio zu kümmern.

„Und jetzt stecke ich hier fest", schloss er, „nicht die geringste Chance, das Karussell an einen anderen Platz zu fahren."

„Ich erlebe genau das Gegenteil", sagte der Marionettenspieler. „Seit vielen Jahren bin ich mit meinem Klapp-Theater unterwegs. Damit bin ich um die Welt gereist, und ich bin müde, das können Sie mir glauben. Ich habe nur noch einen Wunsch: mich hinsetzen und ausruhen."

Er schaute ihm geradeaus in die Augen, und Kasimir erblickte darin einen kleinen Funken.

„Ich mache Ihnen einen Vorschlag", sagte der Marionettenspieler, „tauschen wir unsere Traummaschinen! Ich lasse weiterhin Ihre fantastischen Figuren kreisen, und Sie begleiten meine Marionetten auf ihrer Reise durch die ganze Welt. Ich bin sicher, dass Sie Ideen haben, wie mein kleines Klapp-Theater renoviert werden könnte. Verlorene Seelen gibt es auf der ganzen Welt!"

„Einverstanden", sagte Kasimir, ohne zu zögern.

„Oh, das nenne ich eine Entscheidung!" sagte der Marionettenspieler etwas überrumpelt.

„Wissen Sie, das Geheimnis des Glücks ist, dass man im Leben Ja sagen muss. Das hat mir mein Briefträger gesagt. Ich überlasse Ihnen mein Karussell und kümmere mich um Ihr Marionetten-Theater. Aber ich behalte meinen Wohnwagen. Schon dreimal habe ich mein Zuhause verloren: einmal wegen meiner Scheidung, ein zweites Mal wegen eines Hausbesitzers, der mit seinen Mietern Sklaverei betreibt, und ein drittes Mal, um das Karussell zu erwerben. Aber inzwischen weiß ich, dass das Zuhause nicht verhandelbar ist."

„Einverstanden", sagte der Marionettenspieler strahlend vor Freude, „ich habe meine Camping-Sachen!"

Der Marionettenspieler füllte die Gläser ein zweites Mal mit dem köstlichen Aprikosenschnaps.

Und sie stießen an.

„Auf die Traummaschinen!"

„Auf die Träume!"

Und der Handel war beschlossen.

13

Das Marionettentheater, das Kasimir nun besaß, war zerlegbar bis ins kleinste Detail. Alles, aber auch wirklich alles hatte in einer großen Kiste Platz. Diese Kiste montierte Kasimir auf zwei Fahrrad-Rädern und befestigte sie wie einen Anhänger an seinem Wohnwagen. Als er endlich auf seinem Sessel saß, die Füße auf den Pedalen, welche über eine Welle mit den beiden Fahrrädern verbunden waren, fühlte er sich endlich wieder frei wie der Wind. Mit ein paar wenigen Pedalenstößen verließ er das Meeresufer, fuhr durch Felder, durch Weinberge und durch Wälder, bis er das Cap Camarat erreichte, der ideale Ort, wie ihm schien, um das Theater von Grund auf zu renovieren. Die verlorenen Seelen in der Umgebung dieser Halbinsel reichten ihm, um das Dekor zu erneuern und um Marionetten für sein neues Projekt zu kreieren: das Theater Phantasio!

Die erste Aufführung jedoch war ein totaler Flop. Er hatte sein Theater nach Antibes gebracht, in die Stadt Picassos, um dort die Szene des berühmtesten Gemäldes dieses Malers zu spielen: Guernica.
Es war eine sehr persönliche Interpretation von Kasimir Phantasio mit Monstern und traurigen Gestalten, die sich einen unerbittlichen, zerstörerischen Krieg lieferten.
„Iggit! Buhhh!", schrie das Publikum.
„Was soll dieser Dreck? Der gehört auf den Müll!", rief jemand.
Andere warfen PET-Flaschen auf die Bühne und in die Vorhänge.

Kasimir war schockiert und sah sich gezwungen, das Theater zu räumen. Er hatte seine ganze Energie und sein ganzes Herzblut hineingesteckt! Aber niemand schien weder seinen Aufwand noch seinen Einsatz zu erkennen, und noch viel weniger, was er sagen wollte. Nach ein paar Beschimpfungen und ein paar aufgebrachten Ausrufen liefen die Besucher genervt und vor den Kopf gestoßen davon, außer einer jungen Frau, die sich aus der Menschenmenge löste und sich hinter der Szene in Schutz brachte.

„Mein verehrter Herr", sagte die junge Frau zu Kasimir, „ich liebe Ihr kleines Theater. Aber erlauben Sie mir, Sie haben es sehr ungeschickt angestellt! Das Thema Ihres Stücks ist fürchterlich, die Marionetten sind hässlich und Ihre Geschichte hat weder Hand noch Fuß. Was Sie da gemacht haben, ist die Beschreibung einer Destruktion. Alle hauen sich auf die Kappe, aber es passiert nichts, keine Entwicklung. Das ist ein Stillleben, eine Nature morte. Aber eine Geschichte ist von Natur aus etwas Lebendiges! Es gibt Ereignisse, Veränderungen, Überraschungen!"

„Aber das ist das berühmteste aller Bilder von Picasso!", erwiderte Kasimir. „Damit hat er eine starke Aussage gemacht!"

„Ja, aber erstens sind Sie nicht Picasso, zweitens machen Sie ein Marionetten-Theater und nicht ein Gemälde und drittens würden Sie besser daran tun, etwas von sich zu erzählen, statt Star-People nachzuahmen."

Kasimir war überrascht und etwas durcheinander.

„Da haben Sie bestimmt recht", sagte er geschlagen, „aber was habe ich denn zu erzählen?"

„Lassen Sie mich Ihnen helfen!", antwortete die junge Frau.

Und so stellte Kasimir die junge Stilistin ein, die aus China nach Frankreich gekommen war, um für weltbekannte Modeschneider zu arbeiten, die jedoch ihre Leben ändern wollte. Sie hieß Lin, was „schöne Jade" bedeutet.

Und so wird Lin in Chinesisch geschrieben:

琳

14

In wenigen Tagen hatte Lin die Technik der Konstruktion mit verlorenen Seelen erlernt. Und recht schnell trug sie ihre Kompetenzen als Stilistin bei. Sie war in China ausgebildet worden und beherrschte alle Schneidertechniken in allen Dimensionen.

„Herr Phantasio", sagte sie, „Ihre Marionetten sind nicht hässlich. Es sind die Materialen, die Sie verwenden, die nicht schön sind. Die Schatten hingegen, welche diese Formen produzieren, werden sehr schön sein. Haben Sie schon einmal ein chinesisches Schattentheater gesehen? Lassen Sie mich das realisieren!"

So zeichnete Lin die Pläne für ein Schattentheater. Und dann machten sie sich beide an die Arbeit. Kasimir kümmerte sich um das Theater und Lin um die neuen Marionetten. Für die Inszenierung hatten sie sich auf eine Serie von Figuren geeinigt:

Da gab es die Prinzessin Shalima,
ihren Vater, König Adonisiosos,
ihre Mutter, Königin Irida,
und es gab den Vagabunden und Räuber Charoumenos,
den Drachen Furioso,
den Gott der Meere, Apollonogos
und den Gott des Plastiks, Plastiforeveros.

Lin kreierte die Körper und die Kostüme aller Marionetten und auch die Bühnenbilder in allen Farben. Indem sie Kasimir über seine Vergangenheit und über seine Erfahrungen mit dem Plastik ausfragte, entwickelte sie eine Serie von kleinen Szenen, die das Leben eines irdischen Lebens im Konflikt mit dem

Gott Plastiforeveros erzählten, dessen Plan es war, alle Objekte der Erde durch Plastikkopien zu ersetzen. Die Invasion durch Plastik im Königreich war unerträglich geworden. Und so trat Charoumenos, der Witzbold, Narr, Dieb und Erbe von nichts weiter als einer Hose, eines Hemdes und von ein paar Schuhen, auf die Bühne. Charoumenos, blitzgescheit und schnell, war Weltmeister im rhetorischen Kampf, und er hatte sich selbst ein magisches Schwert hergestellt.

Gemeinsam hatten Lin und Kasimir beschlossen, ihre Kreation *Das kleine Schattentheater Lin & Liang* zu taufen. Und so übernahm Kasimir den Vornamen Liang, der „leuchtend, brillant" bedeutet.

Kasimir Phantasio Liang: Wirt, Traummaschinen-Mechaniker, Marionettenspieler!
Und so wurde sein Name in chinesischer Schrift auf die Leinwand des Schattentheaters projiziert:

亮

15

Kasimir zog die Fäden und bediente die Bügel der Marionetten. Lin inszenierte das Licht, das Bühnenbild, und gemeinsam produzierten sie die Geräusche und die Musik. Das Schattentheater brauchte keine Worte. Die Geschichte wurde gänzlich über Gesten, Geräusche und Lichteffekte erzählt: die Schatten sagten alles.

Und diesmal gab es ein paar Besucher, die am Schluss der Aufführung applaudierten, vorsichtig zuerst, aber als Lin und Kasimir sich erhoben, um sich vor dem Publikum zu verneigen, kamen mehr als ein Dutzend Personen auf den Platz.

„Noch mehr!", schrie ein Kind aus tiefstem Herzen, und alle wiederholten: „Noch mehr!"

Aber da Kasimir und Lin nicht an eine Zugabe gedacht hatten, spielten sie einfach die letzten drei Szenen noch einmal, mit noch mehr Enthusiasmus und noch mehr Einsatz. Und diesmal war der Applaus so laut, dass er andere Zuschauer anlockte. Der Platz füllte sich, und Stimmen erhoben sich, die eine zweite Vorführung verlangten.

Nach diesem ersten Erfolg beschlossen Lin und Kasimir, nach Cannes zu fahren, in die Stadt des Spektakels. Und ihre Erwartungen wurden nicht enttäuscht: Die erste Aufführung zog ein paar Neugierige an, die näher kamen, um zu sehen, was diese Ansammlung von Müll in ihrer so sauberen und modernen Stadt machte.

Aber als die Musik erklang und die Schatten von Adonisiosos, Shalima und einem ganzen Dschungel von Blumen und Blättern, dem Drachen Furioso und allen anderen Figuren auf der Leinwand erschienen, blieben alle mit offenen Mündern und Ohren stehen und folgten der Geschichte bis ans Ende.

Der zunehmende Mond und die Sterne bei Nachteinbruch waren auf ihrer Seite, und der Applaus war so heftig, dass er andere Zuschauer anlockte, die ihrerseits nach einer Vorstellung riefen.

Cannes verlangte drei Vorstellungen; Nizza vier am ersten Tag, fünf am zweiten Tag auf der Place Garibaldi. Kasimir-Liang und Lin überlegten, einen weiteren Tag zu bleiben, aber Kasimir hatte Lin einen Vorschlag zu machen:

„Dieses Theater haben wir zusammen aufgebaut", sagte er, „wir spielen das Stück zusammen, und wir beide haben je unsere eigene Heimat verlassen. Möchtest Du nicht eine größere Tournee mit mir unternehmen?"

„Aber ja, sehr gerne!", antwortete Lin, ohne zu zögern. Und statt einen dritten Tag in Nizza zu spielen, gingen sie gemeinsam an die Arbeit, um einen zweiten Wohnwagen zu kreieren, ein einfaches Studio-Mobile, selbstverständlich ganz aus verlorenen Seelen gebaut. Daraufhin machten sie sich auf, Richtung Spanien.

16

Der Erfolg ihres Theaters war überwältigend! Überall, wo sie hinkamen, wurden sie bejubelt und aufgefordert, noch einmal zu spielen. In Marseille zuerst, dann in Sète und in Montpellier, danach entlang der spanischen Küste des Mittelmeers. In Gibraltar waren sie im Oktober, durchquerten darauf Portugal und folgten der Atlantikküste Richtung Norden. Sie machten einen winterlichen Abstecher in die nordischen Länder, genossen eine lange Pause mitten im Wald in einer finnländischen Sauna und nahmen ein Bad in einem ins Eis geschlagenen Loch eines gefrorenen Sees.

Als sie durch Polen und die slawischen Länder Richtung Süden reisten, zeigten sich die ersten Anzeichen des Frühlings. Den ganzen Sommer über spielten sie in Italien, und gegen Ende August bewegten sie sich Richtung Balkan.

Mitte September erreichten sie Athen. Dort mussten sie nicht lange nach einem geeigneten Platz für ihr Theater suchen: der Platz Monastiraki empfing sie mit offenen Armen.

Seit mehr als einem Jahr waren Lin und Kasimir nun miteinander auf Reisen, spielten ihr Stück und verbesserten das Theater nach und nach. Lin war eine diskrete, unkomplizierte junge Frau. Die einzigen Unstimmigkeiten, die es zwischen ihnen beiden gab, betrafen die Inszenierung, die Marionetten, das Bühnenbild oder die Musik und die Geräusche. Aber sie fanden immer eine Lösung, und das Theater konnte weiterspielen.

Bis zu jenem Tag der siebten Vorführung auf dem Platz Monastiraki in Athen. Zwei Ereignisse erschütterten gleichzeitig ihr friedliches Leben: Erstens wurde ihnen Heinrich Schmitt, ein deutscher Theater- und Opern-Produzent, der gerade in Athen auf Geschäftsreise war, vorgestellt. Und zweitens wurde ihnen dieser Produzent von Osiris, einem jungen, griechischen Schauspieler mit tiefschwarzem Haar und grün schillernden, um nicht zu sagen bei Lins Anblick Funken sprühenden Augen, vorgestellt.

Wäre der „coups de foudre" sichtbar gewesen, dann hätte er Kasimir – und den Produzenten Heinrich Schmitt gleich ebenfalls – auf der Stelle blind gemacht.

„Ich schlage euch Folgendes vor", begann Heinrich Schmitt trotz des elektrischen Gewitters, das sich zwischen Lin und Osiris abspielte. „Ich nehme euch in meinen Katalog der Produktionen auf, und euer Kalender wird voll sein, und das auf der ganzen Welt."

„Oh, nein! Kommt nicht in Frage!", rief Kasimir aus.

„Oh, ja! Aber sicher ja!", antwortete Lin.

„Nein, das geht doch nicht, dass wir unser Theater von irgendeinem dahergelaufenen Produzenten verkaufen lassen!"

„Das ist doch die Chance unseres Lebens!", sagte Lin.

„Dieses Theater ist unser Werk! Unser ganzes Leben und unser Blut fließen in diesem Stück, in den Marionetten, in der Geschichte, die wir jeden Tag spielen, in dieser großen Familie der verlorenen Seelen! Willst du unsere Seele verkaufen?"

Aber Lin hörte Kasimir bereits nicht mehr zu. Denn ihre Ohren und Augen waren von der Natur mit dem einzigen Ziel erschaffen worden, um Osiris zu hören und zu sehen, hier selbst anwesend, an ihrer Seite sitzend, still und lächelnd, siegesgewiss – was Kasimirs Empörung nur noch weiter entfachte.

Aber Osiris war zum Glück kein Krieger, und auch nicht von kämpferischer Natur.

„Herr Phantasio", sagte er mit einem warmen und friedlichen Blick, „regen Sie sich nicht auf. Es lohnt sich nicht. Akzeptieren Sie lieber meine Einladung und erweisen Sie mir die Ehre, Sie in meinem Haus empfangen zu dürfen. Ich habe einen Vorschlag, den ich Ihnen unterbreiten möchte."

17

Zum ersten Mal seit zwei Jahren ließ Kasimir seinen Wohnwagen für ein paar Tage allein in einem Unterstand. Nichts ließ ihn auch nur vermuten, dass er ihn nie wiedersehen würde.

Gemeinsamen nahmen die drei die Fähre am Hafen Piräus, um zu einer kleinen Insel im Südosten zu fahren. Die Reise dauerte die ganze Nacht und führte sie durch die Ägäis zu den Kykladen-Inseln. Kasimir bestaunte die Sterne von der Fährbrücke aus und verfolgte die vorbeiziehenden tausendundeine Inseln, während Lin und Osiris in ihrer Kabine schliefen.

Die Sonne war gerade aufgegangen, als die riesige Fähre in den kleinen Hafen der Insel einfuhr, auf der Osiris aufgewachsen war. Ihr Freund führte sie durch das Dorf und hinaus zu ein paar alten Häusern etwas weiter oben am Berg.

Osiris Familienhaus war ganz aus Steinen und Erde gebaut, hatte jedoch vor ein paar Jahren eine Renovation erfahren. Osiris teilte ihnen je ein Zimmer zu, einen einfachen Raum mit nichts als einem Bett und einem Fenster mit Aussicht auf den Hafen. Sie aßen Oliven und tranken ein Glas Retsina. Osiris holte ein Moussaka aus dem Gefrierfach und schob es in den Ofen.

„Das hat meine Mutter noch gekocht", sagt er und vertraute ihnen an, dass seine Mutter vor nicht einmal zwei Monaten gestorben war.

„Seither ist das Haus leer. Ich bin in Athen, und mein Vater ist kurz nach der Renovation des Hauses von uns gegangen, das ist schon einige Jahre her", erzählte er.

In der Küche gab es zwei große Schränke. Im einen befand sich das gesamte nötige Geschirr für einen Haushalt. Im andern, erklärte er, war die komplette Sammlung seiner Kindheitsproduktionen aufbewahrt: kleine Autos, Lokomotiven, Elefanten und Tiger, Ziegen und Hunde, kleine Haushalte, Jagdszenen und urbane Verkehrsstaus. Die imaginären Kreationen nahmen kein Ende. Aber das Meisterstück, der Grund überhaupt, weshalb sie sich hier in diesem Haus befanden, war hinter einer Armee von kleinen Figuren versteckt. Osiris nahm sie eine um die andere heraus und zog schließlich die Szenerie aus den Tiefen des Schranks hervor. Es war ein Miniatur-Theater mit vielen kleinen Marionetten.

„Das ist es, weshalb mich euer Theater sofort angezogen hat", sagte Osiris. „Es war eine Art Déjà-vu, als ich vor eurer Szenerie stand."

Und als Lin und Kasimir das kleine Bühnenbild und die Marionetten genauer betrachteten, erkannten sie, dass sie aus kleinen Plastik- und Metallteilen und aus alten Stoffen gebaut waren.

„Das alles habe ich aus Bruchstücken von verlorenen Seelen, wie Sie sagen, gebaut. Bitte folgen Sie mir!"

Sie gingen zum Strand hinunter, der direkt neben dem Hafen lag. Osiris steckte seine Hand in den Sand und fasste zu, hob sie wieder hoch und öffnete die Finger.

„Schauen Sie! Zählen Sie in dieser zufällig genommenen Hand voll Sand alle Plastik- und Metallstücke, oder gar die Zigarettenstummel!"

Kasimir stellte mit Erschrecken fest, dass er drei Plastikstücke fand, die, wenn ihre schillernden Farben sie nicht verraten hätten, sich kaum von den kleinen Steinen und von den vom Wasser geglätteten Holzstücken unterschieden.

„Für Tiere sieht das nach Nahrung aus. Aber wenn ihr Magen einmal mit Plastik vollgestopft ist, können Sie sich vorstellen, was dann passiert …", sagte Osiris irritiert.

Kasimir nahm eine Hand voll Sand und stellte noch einmal dasselbe fest.

„Meine ganze Kindheit hindurch habe ich diese farbigen Stücke gesammelt, als seien es Diamanten. Und zu Hause baute ich daraus Spielsachen. Die Konstruktion des Miniatur-Theaters hat mich dazu geführt, davon zu träumen, Schauspieler zu werden. Und dann habe ich meinen Traum realisiert."

„Und jetzt, wo dein Traum realisiert ist, welches andere Ziel hast du dir gesetzt?"

„Ich möchte Ihnen einen Vorschlag machen … dort drüben!", sagte Osiris und zeigte mit der Hand Richtung Hafen.

18

Mehrere Schiffe hatten im Hafen angelegt: ein großes Segelschiff, einige Motorboote und neben mehreren kleinen auch ein großes Fischerboot, auf dem ein gelbes Netz zu einem Haufen aufgetürmt lag. Es war der Tag, an dem am Ende des Quais auch das riesige grüne Frachtschiff angelegt hatte, welches Süßwasser für die Haushalte auf die Insel brachte.

Osiris führte sie zu einem mittelgroßen Fischerboot, das den Namen Oceania trug.

So war sein Name vorne auf die Seite des Rumpfes gemalt:

Ωκεανία

Osiris zog die Oceania an einem der vertäuten Seile an den Quai heran, sprang an Bord und bat Lin und Kasimir, es ihm gleichzutun.

Mit einigen geschickten Handbewegungen band er das Boot los und startete den Motor. So wie der klang, schien er gut gepflegt zu sein, im Gegensatz zum Rest des Schiffes, das eher einen heruntergekommenen Eindruck machte. Die Farbe blätterte überall ab, der Rost war daran, sich über die Metallteile zu fressen, und Muscheln und Algen hatten sich da und dort eingenistet.

Osiris stellte sich in den Steuerstand der Oceania, manövrierte sie aus dem Hafen hinaus und der Inselküste entlang. Die Sonne hatte den Zenit überschritten, brannte aber noch immer. Lin hatte sich einen Hut aufgesetzt, Kasimir eine Kappe. Mit der Sonnenbrille auf der Nase stellte sich Kasimir neben den Kapitän. Auf offener See blies der Wind stärker, und das Meer war aufgewühlt. Die Wellen schaukelten die Oceania wie eine Mutter, die ihr Kind in den Armen wiegt.

Kaum eine Viertelstunde später hielt der Kapitän den Motor an, machte eine scharfe Kurve und holte einen Angelkescher aus der Kabine. In einem Schlenker fischte Osiris eine Plastikflasche aus dem Wasser.

„Das hier, Herr Phantasio, das ist mein Ziel!"

Kasimir verstand nicht.

„Mein Vater war Fischer, mein Großvater war Fischer, mein Urgroßvater war einer, und viele andere auch. Meine Mutter drängte mich, die Tradition weiterzuführen, aber das Schicksal wollte es anders mit mir. Ich bin Schauspieler geworden, ergeben einer Kunst, die, in den Augen meiner Mutter, flüchtig ist, unsicher und hoffnungslos. Sie ist verbittert und enttäuscht von uns gegangen, aber da kann ich nichts dafür, das ist einzig und allein ihre eigene Angelegenheit. Seit der Konstruktion mit Bruchstücken von verlorenen Seelen vom Strand habe ich mein eigenes Schicksal gewählt. Und ich habe vor, den Kurs zu halten, wie ein Kapitän an seinem Steuerrad."

„Und was ist also dein Vorschlag?"

„Auch Sie haben Ihre Mission! Deshalb schlage ich Ihnen vor, Ihnen dieses kleine Fischerboot zu überlassen, um die Tradition der Fischer meiner Ahnen weiterzuführen. Aber nicht die Fischerei von Fischen, sondern von verlorenen Seelen wie dieser."

Er streckte ihm die eben gerade aus dem Wasser gefischte Plastikflasche entgegen: „Es gibt noch unendlich viele zu retten!"

„Und für welche Gegenleistung offerierst du mir diese gigantische Aufgabe?"

„Ich schlage Ihnen diese Aufgabe gegen die Rolle des Marionettenspielers im Theater Lin & Liang vor. Lassen Sie mich mit Lin und Heinrich Schmitt losziehen. Dieses Theater ist es wert, in der ganzen Welt gezeigt zu werden."

„Wie kannst du es wagen!", entfuhr es Kasimir.

Aber Osiris ließ ihn nicht ausreden: „Ich stelle Ihnen auch mein Haus zur Verfügung. Sie können dort den Rest Ihres Lebens verbringen, wenn Sie wollen. Aber ich bleibe der Besitzer der Mauern. Das Zuhause lässt sich nicht verhandeln. Das Boot hingegen, das gehört Ihnen, und es wird Sie hinbringen, wohin Sie wollen, auf der ganzen Welt!"

„Ausgeschlossen, dass ich mein Theater aufgebe", wollte Kasimir sagen. Doch plötzlich erinnerte er sich an die Worte des Briefträgers, und so überlegte er während zwei sehr langen Minuten.

„Ich gebe dir nicht nur die Rolle des Marionettenspielers im Theater Lin & Liang", sagte er endlich, „sondern auch den Namen Liang. Hingegen übernehme ich deinen Namen Osiris, Kapitän der Oceania!"

Er streckte ihm die Hand entgegen: „Und ich leihe dir meinen Wohnwagen!"

Osiris gab ihm einen überzeugten Handschlag und überreichte ihm das Steuerrad.

Nachdem sie noch drei Plastikteile und eine Tasche aus dem Wasser gefischt hatten, erreichten sie den Hafen.

19

Das Schattentheater Lin & Liang brach auf nach Deutschland. Es spielte in Berlin, der Geburtsstadt von Heinrich Schmitt, danach in Frankfurt und in München, machte einen Blitzbesuch in Zürich und in Wien, klapperte den Rest Europas ab, bevor es Südamerika durchreiste. In sechs Monaten spielten sie in Kolumbien, Ecuador, Bolivien, Peru, Chile und Argentinien. Von allen Orten, die Lin und Osiris, alias Liang, bereisten, schickten sie Kasimir ein Foto mit ein paar Worten, damit er ihre Reise mitverfolgen konnte. Nach Patagonien begaben sie sich nach Südafrika und durchquerten den Kontinent Richtung Norden, wozu sie zwei Jahre und danach eine Pause brauchten.

Mit neuem Schwung und bereit für den kulturellen Schock nahmen sie Nordamerika und Kanada in Angriff. Von Alaska aus setzten sie nach Sibirien über und durchquerten danach Asien, wobei sie auch Japan und die Philippinen besuchten. Und natürlich vergaßen sie auch Australien, Neuseeland und die pazifischen Inseln nicht.

Überall, wo sie spielten, kümmerten sie sich zuerst um die verlorenen Seelen in der Umgebung: Plastik, Metall, Stoffe. Alle von Menschenhand gefertigten Objekte, die sie in der Natur fanden, waren ihnen nützlich, um ihr Schattentheater in Schuss zu halten und zu erneuern.

Und immer wieder kam es vor, dass Besucher des Theaters, Kinder oder Erwachsene, auf dem Nachhauseweg eine Plastikflasche am Wegrand entdeckten. Das erinnerte sie natürlich an das eben gerade gesehene Schattentheater Lin & Liang und an all die Figuren, die Bühnenbilder und all die aus recyceltem Plastik konstruierten Objekte. Und dann geschah es auch, dass ein Kind die Flasche auflas und nach Hause trug. Ein anderes Kind fand ebenfalls eine Flasche unter einem Gebüsch, wieder ein anderes fand eine im Bus, und noch ein anderes fand eine auf dem Spielplatz. Am nächsten Tag war es verrückt zu sehen, wie viele Flaschen und Plastikstücke auf dem Schulweg, in den Parks, auf den Spielplätzen, in den Hinterhöfen und sogar im Hauseingang herumlagen. Alles wurde eingesammelt und nach Hause getragen. Dort explodierten die Ideen, um all diese Flaschen und Plastikstücke in Figuren und Objekte umzuwandeln, genau wie im Theater Lin & Liang. Schnell zeigten sich Künstler unter diesen Kindern und die einfalls- reichsten und ausgefallensten Konstruktionen ent- standen unter den flinken und auf Details bedachten Händen: fantastische Fahrzeuge, Flugschiffe, imagi- näre Planeten, Monster, Engel und Feen, Raumschiffe, Szenen des alltäglichen Lebens – und sogar kleine Theater wie jenes von Lin & Liang wurden auf der gan- zen Welt erschaffen. Fotos von diesen aus verlorenen Seelen entstandenen Werken fanden sich im Internet wieder. Foren und Gesprächsgruppen wurden kreiert. Unter dem Namen „Bewegung Lin & Liang" wurden Wettbewerbe lanciert und Treffen organisiert.

So wurde der erste Internationale Kongress „Bewegung Lin & Liang" durchgeführt, an dem die verwegensten und einfallsreichsten Konstrukteure des ganzen Planeten teilnahmen. Dieser Kongress wurde von einer Demonstration gegen die von Menschen geschaffenen Abfälle in der Natur begleitet. Kinder und Erwachsene aus der ganzen Welt marschierten gemeinsam mit Plakaten und beschriebenen Tafeln und schrien Slogans, die man in einem Spruch zusammenfassen konnte, geschrieben von Kinderhand mit Filzstift auf einen Karton:

„Keine Natur, kein Futur!"

20

In dieser Zeit nahm Kasimir sich die Oceania vor. Während er in Osiris Familienhaus wohnte, unternahm er als Erstes eine vollständige Renovation des Schiffes. Und natürlich ging er dazu mit seiner gewohnten Methode der verlorenen Seelen aus der Umgebung vor. Es gab viel weniger als auf dem Kontinent, aber er schaffte es trotzdem. Den Benzinmotor, obwohl dieser noch prächtig funktionierte, behielt er nur als Notlösung. Für die Navigation konstruierte Kasimir ein Segel vorne auf dem Bug, eine Art Spinnaker, und ein zweites Segel mit großem Mast in der Mitte des Bootes, direkt vor der Kabine. So ausgerüstet glich sein Fischerboot einer Chimäre auf Wasser. Die Fischer lachten ihn aus, und die Kapitäne der Segelschiffe machten sich über ihn lustig, aber das kümmerte Kasimir nicht.

Er rüstete das Boot mit einem von Solarenergie angetriebenen Destillator aus, um Salzwasser in Trinkwasser umzuwandeln, lud eine große Reserve Reis und Trockenfrüchte und installierte eine Matratze im Schiffsbauch. Auf dem Deck brachte er mehrere Angelkescher unter und ein großes Netz, an dem er die Maschen verkleinerte, um damit seine Fänge transportieren zu können.

Während diesen Arbeiten kamen ihn seine drei Kinder auf der Insel besuchen. Seit Kasimir sie verlassen hatte, waren die einzigen Lebenszeichen, die sie von ihrem Vater erhalten hatten, einzig und allein die Postkarten gewesen, die er ihnen aus den unzähligen

Städten seiner Pilgerreise zugeschickt hatte. Jetzt war er endlich wieder an einem festen Ort, und er hatte sogar ein Haus, um sie empfangen zu können, und so hatte er sie eingeladen, ihn zu besuchen. Als die Fähre im Hafen anlegte und Kasimir seine Kinder aus dem Bauch des Schiffes steigen sah, rannte er ihnen entgegen, umarmte sie alle drei heftig und brach in Tränen aus.

„Papa, wo ist dein Wohnwagen?", fragte die Älteste.

„Was hast du mit der Buvette Kasimir gemacht?", fragte die kleine Tochter.

Und sein Sohn inspizierte das Fischerboot, das in ein gebasteltes Segelboot umgewandelt worden war. „Nicht schlecht", kommentierte er, „bist du sicher, dass du damit auch segeln kannst?", fragte er und hob das schlaffe Tuch des Spinnakers auf, das schludrig auf der Brücke lag.

Kasimir machte mit ihnen eine Schiffstour, wie Osiris das mit ihm und Lin getan hatte, und er erzählte, wie er Kasimir Phantasio Osiris geworden und was seine Mission mit diesem Schiff war.

„Du erfindest die Fischerei neu!", rief die älteste Tochter.

„Wenn du einen Plastikhai fischst, legst du ihn mir beiseite?", fragte sein Sohn. „Ich werde ihn holen kommen, wo auch immer du gerade sein wirst. Ich schwimme zu dir, wenn's sein muss!"

„Und vergiss nicht, weiterhin Postkarten zu schicken", fügte die Kleinste hinzu.

Sie lachten und stießen mit einem Glas Retsina an.

Am 14. März, genau drei Jahre nach seiner Abreise aus der kleinen, von ihm selbst renovierten Zweizimmerwohnung in Genf, verabschiedete sich Kasimir

Phantasio Osiris, der Kapitän der Oceania, von seinen drei Kindern, küsste und umarmte sie alle heftig, bestieg sein Schiff und stach in See, um verlorene Seelen zu fischen.
Seine Kinder winkten ihm vom Hafen aus zu. Noch einmal Rufe, noch mehr Tränen.

Bereits am ersten Tag fischte Kasimir Phantasio Osiris ein Dutzend Plastikflaschen in allen Größen, mehrere Taschen schwammen im Wasser wie tote Quallen, und auch eine Gemüsekiste aus demselben synthetischen Material sowie einige über Bord geworfene Sachen von Schiffsausrüstungen. Alles wurde mit einem der auf der Brücke stationierten Kescher aufgefischt.
Nach mehreren Segeltagen musste der Kapitän der Oceania auf dem Festland anlegen, um das übervolle Netz zu entleeren. Dies musste er danach den ganzen Sommer über noch mehrmals wiederholen, zuerst entlang der Küste des Peloponnes, danach an der Küste Italiens, Frankreichs, Spaniens. Dabei nutze er die Gelegenheit, um seine Reserven an Reis und Trockenfrüchten aufzustocken und sich ein Stück Käse und ein Glas Weißwein zu gönnen.
Im Hafen warfen die Fischer und die Touristen dieser seltsamen Erscheinung schräge Blicke zu. Aber der Kapitän der Oceania kümmerte sich nicht darum und stach so schnell wie möglich wieder in See. Jede Frage, jede Erklärung, jedes Wort gar schien ihm überflüssig, ein weiterer Abfall, eine Verschmutzung anderer Art.

21

Am 7. Oktober passierte Kasimir Phantasio Osiris als Kapitän der Oceania die Meerenge bei Gibraltar und nahm Kurs Richtung Große Weite.

Auch wenn sich rund um ihn herum nichts änderte – jetzt wie vorher war bis zum Horizont nichts als Wasser in Sicht – aber einfach das Wissen darum, dass er das Mittelmeerbecken verlassen hatte und in die immense Weite des Atlantiks segelte, rührte ihn, und eine Träne bildete sich in seinem linken Auge. Diese Träne kullerte über seine Wange hinunter und erreichte den Mundwinkel. Er fing sie mit seiner Zunge auf. Sie fühlte sich salzig an, der Geschmack des Meeres.

Während mehreren Wochen segelte Kasimir durch die unendliche Leere des Ozeans, ohne Orientierung, ohne Kursziel, und fischte jeden Tag verlorene Seelen aus dem Wasser. Das Wetter war ihm wohlgesinnt: Das Meer war ruhig und der Wind konstant, nicht zu schwach und auch nicht zu stark. Sein Spinnaker hing satt vor dem Wind, und sobald er ein Objekt im Wasser schwimmen sah, steuerte er bei, um es mit dem Kescher aufzufischen. Eines sonnigen Morgens überraschte Kasimir sich selbst dabei, wie ihm ein „Guten Morgen, meine Kugel! Wie geht es dir heute?" entwischte.
„Ach, was hast du denn für ne Meise!", sagte er sich sofort, „einem Sack voll Abfall guten Morgen zu sagen!" Und gleichzeitig spürte er, nach monatelanger Einsamkeit und Schweigen auf dem Meer, wie gut es

tat, ein paar Worte auszusprechen. Und so fuhr er fort, mit seiner Kugel zu sprechen, während er sie gleichzeitig jeden Tag mit neuen verlorenen Seelen fütterte.

Das erste Gewitter überraschte den Kapitän der Oceania im Schlaf. Wie jeden Abend hatte er die Segel heruntergefahren und das Steuerrad festgebunden, um der Oceania freien Lauf zu lassen. Unten im Schiffsbauch schlief er tief, bis er mitsamt der Matratze und allen freistehenden Objekten überworfen wurde. Das Gewitter war so heftig, dass die Oceania von den Wellen, die sich eine um die andere wie wütende, todeshungrige Gladiatoren überboten, hoch- und niedergestoßen, geohrfeigt und geschlagen wurde.
Zum Glück befand sich Kasimir im Schiffsbauch, um nicht von der Brücke ins Wasser gerissen zu werden. Hingegen wurde er herumgeworfen, durch den Raum katapultiert, erhielt endlos Schläge auf die Arme, den Bauch und auf die Beine, bis er einen heftigen Schlag auf seinem Kopf spürte und ins Nichts absackte.

22

Als Kasimir aufwachte, war das Boot ruhig, und als er die Kabinentür aufstieß, wärmte die Sonne sein Gesicht. Die große Kugel der verlorenen Seelen war noch da. Aber sie befand sich nicht mehr auf der Brücke, sondern schwamm hinter dem Schiffsheck. Ja, Kasimir erinnerte sich jetzt, dass er sie zum Glück mit einem dicken Seil festgebunden hatte.

„Guten Tag, meine Kugel!", warf er ihr zu. Und ihm schien, als mache sie eine Bewegung, wie wenn sie mit dem Kopf nicken würde.

Es gab heftige Schäden am Schiff. Aber nichts widerstand der Reparatur durch die flinken und geschickten Hände des einstigen Traummaschinenmechanikers.

In diesen Tagen hatte Kasimir bereits keine Ahnung mehr, wie viele Tage, wie viele Wochen oder Monate er bereits auf dem Meer verbracht hatte. Seine Reserven an Reis und Trockenfrüchten waren zur Hälfte aufgebraucht, aber das war es nicht, was ihm Kummer bereitete. Die Kugel der verlorenen Seelen war inzwischen so groß geworden, dass sie viel zu viel Platz einnahm, und er musste irgendwo an Land gehen, um das Fischernetz zu leeren und von vorne anfangen zu können.

Eines Morgens, als er sich ans Steuer der Oceania stellte, erkannte er am Horizont eine Küste. Er wollte darauf zusteuern, aber je mehr er in diese Richtung segelte, umso mehr entfernte sich die Küste, bis sie schließlich ganz verschwand.

„War das jetzt nur eine Fata Morgana?", fragte er die Kugel, aber sie antwortete ihm nicht.

Kurz nach dieser Erscheinung wurde Kapitän Osiris von einem zweiten Gewitter überrascht, in voller Fahrt diesmal.

Die Oceania kam mit satter Geschwindigkeit voran, der Spinnaker war prall aufgeblasen, der Wind hatte sich darin seit Stunden mit gutem Willen eingenistet, dann, nach und nach mit einer gewissen Hartnäckigkeit, die sich schnell in Wut verwandelte und schließlich geradezu in einen echten Zerstörungswahn.

In einem heftigen Windstoß wurde der Spinnaker zerrissen, die Wellen erhoben sich, überstiegen bei Weitem die Höhe der Oceania und die Sonne verabschiedete sich auf Französisch.

„Meine Kugel!", schrie Kapitän Osiris, „halt dich fest!" Dabei hatte er vergessen, sich selbst zu sichern. Das Einzige, was ihn am Boot festhielt, war seine linke Hand, die Finger hart um das Steuer geklammert, denn mit der rechten – ein großer Fehler – versuchte er, eine Plastikflasche zu retten, die er eben gerade gefischt hatte.

In diesem Augenblick wurde die Oceania von einer gewaltigen Welle erfasst, in die Höhe gehoben und mit einer leichten Seitenbewegung zum Backbord hin in den Himmel katapultiert. Dies ließ die Oceania kopfüber einen Salto mortale ausführen. Während dieser Zirkusnummer spürte Kapitän Osiris, wie seine Finger langsam vom Steuerrad glitten und wie er schließlich den Kontakt zu seinem Schiff verlor – ganz so wie ein Astronaut, der den Kontakt zu seinem Raumschiff verliert und ins Universum abdriftet.

Kasimir sah noch, wie die Oceania in der Mulde der Welle auf ihrem Rumpf landete, die Kugel hinter sich herziehend. Aber er, der Kapitän, hatte sein Schiff endgültig verlassen und setzte seine unausweichliche Flugbahn fort.

„Wer bist du?", hörte er eine tiefe, grunzende Stimme. „Ich bin Kasimir Phantasio Osiris, Kapitän der Oceania", antwortete er.

„Was treibst du hier in meinen Weidegründen?"

„Ich bin auf der Suche nach verlorenen Seelen. Jene, die sich verirrt haben, die bringe ich auf den rechten Weg zurück."

„Ach ja? Und dich selbst bringst du auch auf den rechten Weg zurück?"

„Wo bin ich?"

„Im Augenblick befindest du dich in meinem Mund. Ich bin hochgekommen, um zu atmen, da habe ich auch gleich einen guten Bissen zu meinem Frühstück genommen. Gott allein weiß, was du im Teller eines Wals treibst ..."

„Oh, entschuldige bitte", sagte Kasimir, „da handelt es sich um sehr unglückliche Umstände. Das Unwetter hat mich von meinem Boot gerissen und in deinen Teller geworfen."

„Unnötig, nach einem Schuldigen zu suchen! Das Unwetter hat getan, was es tun musste. Und du warst im falschen Augenblick am falschen Ort, das ist alles."

„Aber es handelt sich doch um ein Missverständnis."

„Missverständnis hin oder her. Tatsache ist, dass du dich in meinem Mund befindest."

„Wärst du nicht so nett und würdest mich wieder ausspucken?"

„Ich weiß noch nicht. Du bist in mein Haus gekommen, ohne anzuklopfen, und du hast mein Frühstück gestört. Also mache ich mit dir, was ich will."

„Einverstanden" antwortete Kasimir, „du hast vollkommen

recht. Ich habe mich selbst in diese Situation gebracht. Entschuldige bitte, dass ich mich deinem Teller aufgebürdet habe. Aber wenn ich mich nicht irre, dann schlucken Wale keine Menschen, und auch sonst nichts, was grösser ist als ein Pfirsich, nicht wahr? Es kommt schon vor, dass Hungrige nach Stücken beißen, die grösser sind als ihr Hunger. Aber glaube mir, das nützt nichts. Die zu großen Stücke werden immer ausgespuckt, auch wenn man sich daran festbeißt. Das Geheimnis ist, wenn du meine Meinung hören willst, dass man im Leben Ja sagen muss. Das hat mir mein Briefträger verraten. Und heute ist dies auch meine Ansicht, aber das ist meine eigene, ganz private Angelegenheit. Also mach mit mir, was du willst."

„Ach, da hilfst du mir aber auch gar nicht!", antwortete der Wal. „Und überhaupt befinden wir uns bereits 500 Meter in der Tiefe. Ich tauche noch etwas weiter hinunter, um nachzudenken. Vielleicht zeige ich dir dann mein Reich."

Als der Wal seinen Gast nach reiflicher Überlegung endlich ausspuckte, wurde Kasimir sanft aus dem Mund gestoßen und in einen weiten Korallen- und Felsengarten getragen. In diesem Garten schwirrten Kraken und Fische ausgelassen durcheinander, Krebse und Muscheln tummelten sich, Seepferdchen und Schildkröten sowie ein ganzer Schwarm von Wasserkreaturen, die eine wundervoller als die andere. Wie eine schwimmende Alge wurde Kasimir durch dieses Licht- und Farbenspektakel getragen, bis die tiefen und hohen Töne der Gesänge der Wale ihm das Bewusstsein raubten und ihn sanft in die Stille des Nichts mitnahmen, auf den Weg der erlösten Seelen.

23

Das ist die Geschichte von Kasimir Phantasio Osiris alias Karl Kačnic.

Aber diese Erzählung ist nur Vermutung, Annahme, Legende.

Das einzige Faktum, über das wir verfügen, ist die Tatsache, dass Kasimir Phantasio Osiris am 7. Oktober die Meerenge von Gibraltar am Steuer der Oceania passiert hat, denn die Meerwächter hatten ihn gesehen und notiert.

Über den Rest wissen wir, dass seine drei Kinder von ihrem Vater Postkarten aus João Pessoa und von Itapema do Norte in Brasilien erhalten hatten, dann eine aus Montevideo in Uruguay und danach nichts mehr.

Aber eineinhalb Jahre später, am 14. April, strandete an der Küste der kanarischen Insel La Gomera eine riesige, über vier Meter hohe Kugel angesammelter Abfälle, die hinter sich ein Phantomschiff mit Mast und zerrissenem Spinnaker herzog. Unter den Gegenständen, die in der Kajüte des Kapitäns übriggeblieben waren, fanden die Marinepolizisten einen Pass, ausgestellt auf den Namen Karl Kačnic.

Die Autopsie der Kugel erlaubte es, den von der Oceania zurückgelegten Weg zu rekonstruieren, auf welchem der unglückliche Kapitän früher oder später über Bord gegangen sein musste. Im Innern der Abfallkugel fand man die Hälfte eines Rettungsrings mit der Aufschrift Ponte Negra, was darauf schließen ließ, dass die Oceania den Atlantik tatsächlich überquert hatte, nachdem sie die Meeresenge von Gibraltar passiert hatte, um sich danach vom Brasilstrom Richtung Südamerika treiben zu lassen. Der Kapitän der Oceania musste sogar an den Falklandinseln vorbeigesegelt sein, denn in den wenigen Notizen, die er an Bord gelassen hatte, fanden die Ermittler die Zeichnung einer kleinen Pinguin-Kolonie.

Die Präsenz eines langes Blattes einer Welwitschia Mirabilis verriet ebenfalls, dass die Oceania Südafrika auf jener Höhe erreicht haben musste, wo diese Pflanze wächst: in Namibia oder Angola. Wahrscheinlich hatte der Südäquatorialstrom das Schiff dann wieder Richtung Nordwesten geschwemmt, bis zum Golfstrom. Dieser wiederum muss das Schiff noch weiter in den Norden getragen haben, um es von dort aus der Atlantikküste entlang wieder hinunter zu befördern, nach Europa und nach Nordwestafrika. Hier lief die Oceania schließlich am Strand von La Gomera auf.

Man kann ernsthafte Zweifel daran hegen, dass ein so kleines Fischerboot, obendrein von einem Bastler in ein Segelboot umgewandelt, eine so große Reise hat zurücklegen können. Überdies stellt sich die Frage, warum kein anderes Segelboot und kein Kursschiff die Oceania auf ihrer langen Reise gekreuzt hat.

Wie dem auch gewesen sein mag, die Oceania, mit oder ohne Kapitän, musste einen langen Weg hinter sich haben, damit all die Abfälle sich im Netz zu einer so riesigen Kugel hatten ansammeln können. Sie war so dick geworden, dass sich die Rollen umgekehrt hatten: Sie selbst war es nun, die das Phantomschiff wie einen lästigen Klumpen hinter sich herzog.

Man erzählt, dass die Kugel, als sie am Strand von La Gomera, direkt vor der Kirche Eremita de Santa

Catalina, auflief, einen kleinen Seufzer von sich gegeben haben soll, so als wollte sie sagen: „Uff, endlich bin
ich angekommen!"
Aber Kasimir Phantasio Osiris war nicht mehr da, um
ihr guten Tag zu sagen.

Dank:
Ich danke ganz besonders meinen drei Kindern für ihre wertvollen Ratschläge, die Diskussionen und Ideen, und auch für das Gegenlesen.
Die Weisheit des Briefträgers in Kapitel 4 wurde mir von Vincent Berthelot gegeben, jenem Briefträger aus der Bretagne, der „wichtige, aber nicht eilige Post" austrägt.